Sanaé
ou la soif de vivre

Cécile Husson

Sanaé
ou la soif de vivre

LE LYS BLEU
ÉDITIONS

ISBN : 979-10-377-7976-2

Un jour, une amie m'a dit : « patience et persévérance font les grandes réussites ».

Préface

Ce livre est tiré d'une histoire vraie, mon histoire. Il a pour but de dénoncer certaines situations inadmissibles auxquelles on peut être confronté dans la vie, mais aussi et surtout de montrer comment il est possible d'affronter les problèmes, de relever la tête, et de s'en sortir. Je veux, à travers ce conte initiatique, redonner espoir et confiance au lecteur et lui rappeler que ce qui ne tue pas rend plus fort. Je veux l'amener à apprendre des difficultés et des épreuves de la vie pour qu'elles lui permettent de grandir comme j'en ai fait cette expérience qui m'aura coûté 10 ans de ma vie. 10 longues années qui finalement auront contribué à ma reconstruction et à mon développement personnel.

Chapitre 1
Douce enfance

Il était une fois, une petite marmotte qui vivait sur le flanc sud-ouest de la montagne aux Edelweiss avec sa maman et ses deux sœurs : Jolya, l'aînée, et Édana, la seconde. Elle était la petite dernière de la fratrie, et semblait si délicate et sensible, que sa maman, souhaitant lui porter bonheur dans la vie, l'appela Sanaé, un prénom qui évoquait pour elle la santé.

Les deux grandes avaient connu leur père, M. Marmotte, mais celui-ci les avait abandonnées juste après la naissance de Sanaé.

Elles vivaient toutes les quatre, dans un terrier modeste, mais doux et confortable, où régnait le bonheur.

La petite était très vive d'esprit et respirait la joie de vivre. Elle était curieuse et aimait apprendre tout ce qu'elle pouvait sur tout ce qui l'entourait. Elle adorait sortir se promener dans la grande prairie qui bordait le terrier. Elle courait alors dans les herbes folles, les poils de sa fourrure soyeuse voletant au vent.

C'était aussi une marmotte très sportive, joueuse et sensible aux activités artistiques. Elle aimait participer à des compétitions organisées dans cette région de la montagne. Elle avait d'ailleurs développé une très grande créativité et aimait beaucoup se dépasser, tant physiquement qu'intellectuellement.

Dès son plus jeune âge, elle avait appris le goût à l'effort.

Quand le printemps paraissait, Sanaé en profitait pour s'échapper de la tanière familiale et aimait, par-dessus tout, danser en chantant au rythme du gazouillis des oiseaux. Elle humait les senteurs des Edelweiss éparses qui pigmentaient la végétation verdoyante.

Avec ses deux sœurs, elle aimait beaucoup inventer de nouvelles activités, mais aussi détourner des expressions pour créer des jeux de mots. Ainsi, elle parlait d'aller voir des « feux d'dentifrice », d'étudier les animaux « préhistériques », ou encore d'enduire les gens d'erreur.

Elles aimaient aussi parfois imaginer de nouveaux animaux, comme un mélange entre une poule et un dindon. Ce qui donnerait quoi ?

Un poulain donc !

Les trois petites marmottes avaient de nombreux amis dans cette partie de la montagne et aimaient les retrouver pour de longues parties de cache-cache, de saute-mouton et autres cabrioles.

Il s'agissait de la famille Castor, composée de Myosotis, la meilleure amie de Sanaé, et de Bandy, son frère jumeau.

Les frères Loutre, Hopy, Sansa, Elwen, Calypso et Bonzaï faisaient également partie de la petite bande.

Un jour, les dix enfants s'étaient retrouvés pour un goûter au soleil. Les sœurs Marmotte avaient confectionné des jus de fruits sauvages, cueillis la veille dans les bosquets feuillus des bois.

Jolya avait fait la distribution à ses amis et lorsqu'elle en avait proposé à Elwen de la façon suivante : « Veux-tu un coup de jus ? » il lui avait répondu : « Oh non ! tu n'es pas au courant que ça fait mal ! ».

Le groupe était parti d'un grand rire, tous en chœur.

Des trois filles, Sanaé avait la plus belle fourrure. Un poil brillant et de belle épaisseur.

Elle prenait grand soin de se brosser tous les matins afin de l'entretenir.

Pour une marmotte, la qualité de la fourrure est primordiale. Elle lui permet de se protéger du froid pendant l'hibernation en hiver.

Au soleil, la fourrure de Sanaé prenait une couleur dorée à rendre jaloux les enfants du voisinage, c'est pourquoi un duo infernal s'acharnait à taquiner les petites marmottes, surtout Sanaé. Ce duo se composait de Waly Gator et de Lynx Junior. Un jour, ces deux larrons jouèrent un mauvais tour à Sanaé, sachant qu'elle était très sensible.

Les trois marmottes se promenaient joyeusement, et, alors qu'elles arrivaient près d'un arbre, un serpent avait fait irruption sous la truffe de Sanaé. La petite avait poussé un hurlement terrifié, mais celui-ci n'avait pas pu étouffer le rire gras et hystérique qui avait retenti dans le feuillage de l'arbre.

Waly Gator et Lynx Junior se trouvaient là et ce dernier tenait une branche d'où pendait une corde, au bout de laquelle se prolongeait le faux serpent.

Il s'agissait d'une mue, recouvrant une autre branche.

Cette plaisanterie douteuse les avait amusés à tel point qu'ils s'en étaient quasiment étouffés de rire.

Tous les animaux présents dans les parages s'étaient retournés, interloqués, cherchant à comprendre ce qui faisait un tel raffut.

Les deux acolytes en devenaient cramoisis. Ils mouraient littéralement de rire.

Un autre jour encore, ils avaient tendu un fil de pêche entre deux arbres, au moment où Sanaé et ses deux sœurs arrivaient en trottinant.

Alors que la petite marmotte s'était effondrée au sol, sa truffe était venue s'écraser, et un flot de sang avait jailli. Suite à ces plaisanteries de mauvais goût, les trois filles s'amusèrent à inventer toutes sortes de vengeances qu'elles ne mettaient jamais à exécution, mais les faisaient bien rire.

Chapitre 2
Un grain de sable enraye la mécanique

L'hiver touchait à sa fin, un hiver froid et venteux. L'hibernation avait été particulièrement longue cette année-là.

Pour la famille Marmotte, c'était une période très importante ; un bon sommeil leur permettait d'avoir un beau poil de qualité pour les protéger du froid.

Ce matin-là, Sanaé fut réveillée par une lueur qui pénétrait par la fenêtre de sa chambre.

Une douce chaleur inondait la pièce. Elle ouvrit les yeux et resta quelques secondes, étendue, profitant de l'instant présent, calme et silencieux.

Après quelques respirations, elle jeta sa couverture au bout du lit et sauta sur ses pattes.

Elle courut dans la cuisine, espérant y trouver sa maman ou ses sœurs. Personne. Elle se dirigea donc vers leur chambre et s'empressa de les tirer de leur sommeil par un tonitruant « Debout Marmotte ! » auquel elle ne reçut qu'un vague marmonnement.

Quelques minutes après, tout le monde était réveillé et sur le pied de guerre pour un bon petit déjeuner.

C'était le repas et le moment préférés de Sanaé.

Il se composait principalement de fruits secs et baies sauvages, cueillies dans les bois alentour situés un peu plus à l'est de la grande prairie. Comme à chaque nouvelle arrivée de printemps, les petites étaient pressées de courir rejoindre leurs amis dans la vallée fraîchement baignée de rosée, et ensoleillée à cette heure matinale.

Sanaé, Jolya et Édana sortirent en trombe et se lancèrent dans une course effrénée, chacune souhaitant arriver la première au bord du petit ruisseau qui sinuait en clapotant joyeusement. Arrivées à quelques mètres de leur lieu favori de retrouvailles avec leurs amis, elles aperçurent Myosotis et Bandy.

Sanaé se précipita vers sa meilleure amie, sans se soucier un instant de la déception de sa sœur, Édana, qui espérait fortement voir Sansa.

Jolya, au contraire, l'avait remarqué. Elle s'en étonna et demanda à la principale intéressée ce qui la chagrinait. Édana lui répondit, et tous la regardèrent, éberlués.

Un petit sourire malicieux se dessina sur les lèvres de Sanaé. Elle commençait à comprendre, mais fit comme si de rien n'était et questionna sa sœur :

— Et pourquoi donc vous souciez-vous de l'absence de Sansa, mademoiselle Marmotte ? lui dit-elle, un sourire jusqu'aux oreilles.

— Sanaé ! s'écria Jolya. N'as-tu pas honte d'embarrasser ainsi ta sœur ?

— Mais oui Édana, continua-t-elle en souriant à son tour, explique-nous donc.

Sanaé, qui s'était renfrognée au reproche de Jolya, prit carrément un air outré face à cette réaction. Ce n'était toutefois rien comparé à la tête que leur fit Édana. Cette dernière s'empourpra et les envoya se faire voir chez les Grecs.

Sur ce, elle tourna les talons et partit la tête haute. Le reste de la bande se regarda en souriant. Myosotis courut la rejoindre, et après lui avoir parlé, réussit à faire revenir leur amie.

Sanaé et Jolya lui présentèrent leurs excuses, et au bout de quelques minutes, tout le monde éclata de rire.

Ils changèrent donc de sujet. Toutefois, Sanaé ne comptait pas en rester là. Elle avait beau s'être moquée, elle ne désirait que le bonheur de sa grande sœur. Elle se promit de parler à Sansa, discrètement.

Quelques heures plus tard, les cinq frères Loutre firent leur apparition.

Le beau Sansa était présent, pour le plus grand plaisir d'Édana. La matinée se déroula assez calmement, chacun ayant beaucoup de choses à se dire après tous ces mois passés sans se voir. Alors que le soleil brillait au zénith, Sanaé mit son projet à exécution. Elle profita d'un moment d'inattention du reste du groupe pour se glisser à côté de Sansa et lui parler. Elle expliqua subtilement que sa sœur Édana aurait bien voulu un petit tête-à-tête avec lui. Sansa eut un air étonné et lui dit :

— En es-tu bien sûre Sanaé ? Il ne s'agit pas de l'une de tes plaisanteries ?

Elle répondit :

— Moi, faire une plaisanterie à ce sujet ? Voyons, Sansa ! Aussi certainement que le soleil se lève à l'ouest, je te promets que ce n'en est pas une.

— Sanaé, dit-il, le soleil se lève à l'est.

— Oui, je le sais très bien, répondit-elle avec aplomb, c'était juste un test pour vérifier tes connaissances. Je pense donc que tu es digne de ma sœur.

Elle ponctua sa dernière phrase d'un clin d'œil et d'un sourire en coin, avant de retrouver le reste du groupe.

Lorsque leur estomac commença à se manifester, ils partirent vers la forêt qui se situait derrière la grande prairie, à l'autre bout de l'endroit où se trouvait le terrier de la famille Marmotte.

Là, ils se délectèrent des fruits sauvages qu'ils trouvaient. L'après-midi fut un peu plus actif, notamment lorsque Calypso proposa de faire une course. Ils se placèrent au beau milieu de la prairie après avoir tracé dans la terre une ligne d'arrivée, précédant de quelques mètres l'orée du bois. La joyeuse bande d'amis s'en donnait à cœur joie.

Cavalant de toutes leurs forces, ils s'arrêtèrent au niveau de la ligne, essoufflés, mais riant à gorge déployée.

Ils s'affalèrent sur le tapis mousseux juste à l'orée de la forêt pour reprendre leur souffle.

Après quelques minutes, ils se levèrent pour repartir vers le terrier des marmottes.

À ce moment précis, Jolya se rendit compte que Sanaé n'avait pas suivi le petit groupe. Elle se retourna brusquement pour la chercher.

La petite était debout, mais restait sur place, l'air inquiète. Jolya comprit immédiatement que quelque chose clochait. Elle eut à peine le temps d'interpeller les autres que Sanaé prit une teinte livide. Jolya se précipita vers sa petite sœur pour la faire asseoir et lui demander ce qui se passait. Sanaé n'y comprenait rien. Elle se sentait soudain très faible, une faiblesse généralisée. Elle avait également la sensation que son cœur battait au niveau de sa gorge. Très vite, trop vite.

Avec l'aide de ses amis, qui étaient revenus à ses côtés, elle s'assit. Quand elle expliqua à Jolya ce qu'elle sentait, cette dernière plaça sa patte de façon à lui prendre le pouls.

L'expression qu'elle eut alors effraya Sanaé. Jolya s'adressa à tous : « Je ne comprends pas, son cœur bat vraiment très vite, mais je le sens à peine. Il a l'air très faible. »

Ce fut la panique générale. Édana sauta sur ses pattes et courut le plus vite possible jusqu'au terrier chercher leur mère. Lorsque cette dernière arriva auprès de sa fille, la crise était terminée.

Le cœur de Sanaé avait repris un rythme normal. Elle restait toutefois très secouée et épuisée.

Les deux castors et les frères Loutre rentrèrent chez eux, un peu rassurés que leur amie se sente mieux, tandis que les trois marmottes repartaient tranquillement vers leur cocon familial.

Maman Marmotte conseilla à sa fille d'aller s'allonger sur son lit pour se reposer.

Le lendemain, tout était oublié. L'insouciance était de retour et cet épisode semblait n'être plus qu'un mauvais souvenir.

Chapitre 3
Problème de cœur

Les jours suivants, nos joyeux lurons reprirent leurs jeux et leurs courses folles. Plus rien ne vint assombrir leur bonheur pendant plusieurs semaines.

Un mois s'était écoulé depuis l'incident, et rien ne semblait prédire que quelque chose se préparait.

Le matin suivant, la famille Marmotte avait organisé avec les familles Castor et Loutre un grand pique-nique.

Il était de tradition d'en préparer un pour fêter l'arrivée de l'été.

Tout le monde dans le terrier s'affairait.

Maman Marmotte avait cuisiné quelques bons petits plats pour l'occasion, des litres de citronnade avaient été préparés par les trois sœurs, et Sanaé était allée cueillir les meilleures baies sauvages de la forêt.

La matinée avançait et le soleil brillait de mille feux. La petite troupe se mit en marche, et tout le monde se rejoignit de l'autre côté de la montagne, vers le mont Pompéi qui trônait sur le plateau escarpé.

Lorsque chacun fut arrivé, les festivités commencèrent.

Tout le monde riait et discutait joyeusement. L'après-midi touchait à sa fin, mais aucun des convives n'avait envie de partir.

Les jeunes s'amusaient tranquillement, se racontant tour à tour des histoires drôles ou terrifiantes.

Alors que Myosotis avait fait éclater ses amis de rire, Sanaé s'était interrompue soudainement.

Une crise semblable à la première l'avait prise. Elle s'efforça de ne rien laisser paraître, mais, encore une fois, elle devint livide, et ses amis le remarquèrent.

Maman Marmotte accourut dès les premiers appels de ses filles. Après la frayeur de cette nouvelle crise, Sanaé se mit à pleurer. Que lui arrivait-il ?

Les parents Castor et Loutre vinrent la réconforter et la rassurer. Selon eux, il ne s'agissait certainement que de fatigue et de stress.

La journée se termina en douceur, et chacun rentra sous le soleil couchant. De nouveau, la crise fut vite oubliée.

Une semaine après, une troisième se manifesta, puis une quatrième.

Au bout d'un certain temps, elles enchaînèrent à raison de deux ou trois par semaine.

Sanaé ne pouvait plus faire autant de sport qu'elle voulait. Un jour, alors qu'elle était en pleine compétition, une crise se déclencha de nouveau. Que faire ? Elle n'avait que quelques secondes pour se décider. L'épreuve était assez courte, elle ne pouvait pas abandonner maintenant. Sanaé prit sur elle-même. Elle serra les dents, afficha un sourire l'air de rien, et se lança. Elle se répéta tout le long de l'épreuve des encouragements et l'ordre de continuer à se battre. Elle faillit lâcher complètement sur les dernières secondes, mais redoubla d'efforts mentalement.

Enfin, elle termina. Elle n'avait commis aucune erreur. C'était une véritable performance, même pour une marmotte en pleine forme.

Dans l'état où elle se trouvait, il s'agissait presque d'un miracle. Un miracle, non seulement qu'elle ait réussi à se hisser jusqu'à la première place, mais aussi qu'elle soit toujours en vie après ce qu'elle avait accompli. Son état à la fin de l'épreuve ne trompa toutefois personne. D'ordinaire livide quand la crise la prenait, elle était à ce moment-là violette. Son cœur battait à un rythme inimaginable au point de lui couper totalement la respiration. Une amie vint la secourir immédiatement, l'obligeant à rester droite afin de faciliter le passage de l'air dans sa trachée et ses poumons, la soutenant de toutes ses forces, et la rassurant pour la calmer. Il fallut plusieurs minutes pour rétablir le rythme cardiaque et la respiration de Sanaé, mais malgré tout, elle se sentait fière d'elle. Elle s'était battue et avait mérité sa victoire.

Maman Marmotte commença à vraiment s'inquiéter, et fit à Sanaé les plus belles remontrances de toute sa vie. Elle en parla ensuite avec Mme Castor et Mme Loutre qui lui soutenaient que ce devait juste être lié au stress, et qu'il n'y avait rien d'anormal.

Lorsque ces crises s'intensifièrent au point d'épuiser totalement Sanaé, elle décida de l'emmener voir le docteur Basset qui connaissait beaucoup de choses sur ce genre de problème.

Il s'agissait d'une dame, très gentille, qui écouta avec la plus grande attention ce que les deux marmottes avaient à dire. Elle eut très vite une idée de ce qui se passait, car elle avait étudié et lu beaucoup de choses. Elle arrivait à soigner tous ceux qui venaient la voir.

Elle expliqua qu'elle devait quand même proposer des examens pour être sûre du problème.

La jeune marmotte était repartie avec sa maman, portant un petit appareil qu'elle devait garder jusqu'au lendemain. Celui-ci enregistrerait les battements de son cœur.

L'après-midi passa. Pas de crise. La nuit fut calme. Toujours pas de crise. Le lendemain, Sanaé décida d'aller se promener dans la prairie avoisinante.

Elle marcha, encore et encore. Rien.

Elle se mit donc à trottiner.

Au bout d'un moment, elle s'arrêta. Elle était persuadée que plus rien ne se produirait tant qu'elle avait ce boîtier.

Elle s'apprêtait à faire demi-tour, quand, enfin, une petite crise, assez légère la prit.

Au moins, se dit-elle, il y aurait quelque chose à l'enregistrement. Elle rentra au terrier et prévint sa mère. Elles prirent alors le chemin qui menait chez le docteur Basset pour lui rendre l'appareil. Cette dernière fut ravie d'apprendre qu'une crise avait pu être enregistrée.

Sanaé et Mme Marmotte attendirent, et quelques heures plus tard, le docteur Basset vint annoncer la nouvelle.

Il s'agissait bien de ce dont elle pensait. Rien à voir avec du stress, mais bien un dysfonctionnement cardiaque dû à une maladie.

Le seul moyen de régler le problème consistait à passer par une opération. Sanaé fut choquée.

Une opération cardiaque ! À son âge !

Mme Marmotte elle-même en resta bouche bée. Elles furent invitées à retourner chez elles et à y réfléchir tranquillement, avant de prendre une décision. Le docteur Basset leur demanda de revenir lui en parler une semaine plus tard.

Les jours suivants, la question tourna sans cesse dans la tête de Sanaé. Que faire ? Plusieurs discussions familiales s'organisèrent sur le sujet.

Au bout d'une semaine, la décision fut prise.

Elle devait se faire opérer. Les crises devenaient trop nombreuses et l'épuisaient. De plus, ce que Sanaé avait pris pour une petite crise légère lors de l'enregistrement avait en réalité montré un rythme très impressionnant.

Le docteur Basset elle-même s'était exclamée : « Ce n'était qu'une petite, que doivent donner les grosses crises ? »

Un peu honteuse, Sanaé n'avait pas réussi à lui parler du fameux jour de compétition. Elle n'osait imaginer ce qu'aurait enregistré l'appareil pour cette crise.

Suite à cette troisième rencontre avec madame Basset, on lui proposa de se rendre dans la région voisine, où travaillait le docteur Lasco.

Lui et un autre de ses confrères pourraient l'opérer.

Deux jours plus tard, la mère et sa fille firent la connaissance de ce docteur qui leur annonça qu'il pourrait s'occuper de Sanaé un mois plus tard. Les deux marmottes acquiescèrent et prirent le chemin du retour.

Chapitre 4
Le cauchemar

La date de l'opération approchait. Sanaé la redoutait. On allait toucher à son cœur ! Pourquoi ?

À son âge, il n'était pas normal de subir une telle opération. Et puis, devoir rester trois jours à l'hôpital allait être compliqué.

Elle n'était encore jamais partie du terrier, loin de sa mère et de ses sœurs.

Surtout pour quelque chose d'aussi terrifiant.

Le temps fila, trop rapide à son goût, et le grand jour arriva.

La veille de l'entrée à l'hôpital fut épouvantable. Lorsqu'elle se mit au lit, l'angoisse la submergea. Elle resta là, pétrifiée et raide, allongée et les yeux grands ouverts dans l'obscurité grandissante.

Les ombres se dessinaient au plafond, et elle pouvait y voir la scène de ce qui l'attendait.

Une table, sur laquelle elle serait allongée, entourée d'une multitude de chirurgiens armés jusqu'aux dents, de scalpels et de bistouris.

La scène imaginée au plafond se changea en cauchemar. Elle s'y trouvait réellement.

Ils s'approchaient, mais elle avait beau crier, ils ne voyaient pas qu'elle était éveillée.

Elle hurlait dans le vide.

Soudain, un son strident retentit. Un bip continu vers lequel elle tourna la tête, et lui fit apparaître la ligne totalement plate des battements de son cœur.

Elle sortit en sursaut de son sommeil, s'asseyant brutalement dans son lit, et se rendit compte qu'il s'agissait seulement de son réveil.

Elle se rallongea, légèrement soulagée, mais avec tout de même cette boule au creux de l'estomac qui lui rappelait sans cesse ce qui l'attendait le lendemain.

Elle était épuisée de sa nuit, de son cauchemar, de ses retournements incessants, lui emmêlant les pattes dans les draps.

De grosses gouttes de sueur perlaient sur son front et ses joues, collant les poils de sa fourrure qui formaient à présent de gros nœuds.

Il était temps de partir. Il fallait compter une heure de marche, et l'un des chirurgiens l'attendait pour un dernier rendez-vous, avant l'opération du lendemain.

Sanaé quitta le terrier avec Mme Marmotte, sans oser jeter un regard à ses deux sœurs.

Ses pas l'amenaient vers son lieu d'angoisse, elle était dans un état second, tout paraissait irréel.

Le silence régnait. Ni Sanaé, ni sa maman ne soufflait mot.

La petite sentait bien le regard de sa mère posé sur elle par instants, mais aucune des deux n'eut le courage de dire une parole.

Bien trop rapidement à son goût, Sanaé arriva devant la porte de l'hôpital.

Mme Marmotte lui attrapa la patte et la serra très fort pour la réconforter. Elle lui souffla juste un petit mot apaisant à l'oreille et Sanaé prit une profonde inspiration. Elle ne se doutait pas une seconde de ce qu'elle s'apprêtait à vivre, et qui allait la traumatiser pendant une longue partie de sa vie.

Chapitre 5
Grosse frayeur

Mme Marmotte et Sanaé attendaient dans le couloir. Le chirurgien fit son apparition ; c'était un ours de taille impressionnante tout en muscles, qui intimida la petite marmotte.

Toutefois, il parlait d'une voix très douce et chaleureuse qui la réconforta un peu.

Il les fit entrer dans son bureau et expliqua en quoi allait consister l'intervention. Il fit même un dessin pour leur faire comprendre le dysfonctionnement lié à sa maladie.

La jeune marmotte fixait la feuille, comme hypnotisée, et se mit à trembler très violemment, à claquer des dents, et à pleurer de façon totalement incontrôlable.

Le docteur Lasco essaya de dédramatiser la situation, mais rien n'y fit. Elle se calma au bout d'une quinzaine de minutes, puis suivit sa mère et l'infirmière venue les rejoindre pour les conduire jusqu'à sa chambre.

C'était une jeune gazelle du nom de Mme Éolia, très gentille et accueillante.

On pouvait sentir toute sa compassion et sa sincérité.

Sanaé arriva dans sa chambre où se trouvait déjà une dame girafe, très âgée, allongée sur l'un des lits. Elle resta choquée, ne pouvant détacher son regard d'elle.

Sanaé commença à installer ses affaires et s'assit sur son matelas. Sa maman resta jusqu'à la fin des visites, puis dut se rendre à sa chambre d'hôtel.

La petite se sentait mal. Mme Éolia se montrait très maternante, expliquant qu'elle serait le bébé du service. Elle était, en effet, la plus jeune patiente, et de loin.

La nuit fut encore très compliquée. Elle aurait voulu s'endormir et tout oublier, mais impossible. Les heures passaient, les minutes s'égrenaient, et l'heure fatidique approchait.

Elle devait passer en premier dès le matin, qui arriva bien trop tôt.

Mme Éolia fit irruption dans la chambre, rasa les poils duveteux de la belle fourrure de Sanaé, et lui expliqua comment se nettoyer avec le produit qu'elle donna.

Pendant toute sa douche, elle se sentit comme dans un mauvais rêve. Elle allait certainement se réveiller. Mais non. Tout continua à s'enchaîner. Elle prit son cachet relaxant sans broncher, puis fut emmenée jusqu'au bloc.

Elle n'avait pas l'habitude de rester à jeun le matin. Elle avait besoin de son petit-déjeuner et avait peur de faire un malaise. Elle n'en avait encore jamais fait, et cela la terrifiait.

Toute une bande de chirurgiens était là autour d'elle, le docteur Lasco qu'elle avait rencontré la veille, mais aussi le docteur Orside, qu'elle avait pu voir quelques jours avant (lui aussi un ours, mais légèrement plus petit que le docteur Lasco). Il y avait aussi un lion qui s'occupa de lui administrer le produit qui la ferait dormir, et une jeune et jolie panthère qui était là pour la surveiller et la rassurer.

Alors qu'elle reposait là, sur un petit matelas chauffant, un drap la recouvrant, elle ne pouvait s'empêcher de grelotter.

Soudain, la pièce tourna. Elle se raidit et s'agrippa aux bords de la table, mais le docteur Orside s'approcha pour la rassurer en expliquant que c'était normal.

Tout devint noir.

Il faisait chaud. Une chaleur étouffante. Elle en avait la respiration coupée. Elle se sentait aussi très mal. Elle ouvrit les yeux. Tout lui revint en mémoire.

Elle était toujours sur la table d'opération. L'armée de chirurgiens était là, lui tournant le dos. Ce n'était pas terminé.

Personne ne voyait qu'elle était éveillée.

Soudain, l'un d'eux s'exprima. Il y avait un problème. Son cœur était asymétrique.

En une fraction de seconde, l'image de sa mort lui apparut. Son cauchemar devenait réalité.

Elle s'interrogea : « Dans combien de temps vais-je mourir ? Une certitude s'imposa à elle : si je m'évanouis maintenant, je ne me réveillerais plus jamais. »

Le temps passa, et elle vivait toujours.

Le drap remontait sur sa truffe, et la chaleur persistait. Elle voulait le retirer, mais n'osait ni bouger ni parler. Elle avait besoin d'air frais. Comment faire ? Elle n'y tint plus, ce fut un réflexe, elle leva sa patte pour le repousser. L'un des chirurgiens gronda après elle : « Ne bougez pas. » La dame panthère finit par comprendre que le drap gênait et le baissa. Rien n'y fit.

Toujours cette sensation d'étouffement.

Au bout d'une éternité, ils terminèrent et Sanaé fut emmenée dans sa chambre. Elle n'avait qu'une idée en tête, manger. Elle pensait qu'après avoir eu son repas, elle se sentirait mieux.

Mme Éolia, la jeune gazelle, lui fit apporter son plateau, sur lequel la marmotte entreprit de se jeter.

Malheureusement, dès la première bouchée, elle recracha le tout. Son estomac ne voulait rien savoir.

Sanaé s'allongea donc et attendit, seule avec ses pensées. Sa voisine, la dame girafe était partie passer un examen.

La petite pensa à sa maman. Elle la rejoindrait dès l'après-midi, jusqu'au soir.

Très lentement, la sensation de malaise s'allégea, mais Sanaé sentait que quelque chose n'allait pas. Alors qu'elle se posait mille questions, maman Marmotte arriva. Elle se blottit immédiatement contre sa fourrure chaude et douce. Elles restèrent enlacées toutes les deux un bon moment.

En milieu d'après-midi, Mme Marmotte expliqua à sa fille ce que lui avaient dit les docteurs Lasco et Orside.

Quand ils ont commencé l'opération, ils ont compris que le problème était plus compliqué que prévu. C'est pourquoi elle avait duré quatre fois plus longtemps, ce qui expliquait aussi que Sanaé s'était réveillée avant la fin. Ils avaient eu affaire à un cas relativement rare, qui nécessitait du temps et de la précision.

Finalement, tout s'était bien terminé. Du moins, c'est ce que tout le monde pensait.

Ils ignoraient totalement ce qui se passait dans la tête de Sanaé.

L'après-midi passa, beaucoup trop rapidement, et Mme Marmotte dut à nouveau partir.

La petite avait une grosse boule dans la gorge et ne put s'empêcher d'éclater en sanglots à son départ.

Dame girafe revenue dans son lit à côté d'elle tenta de la consoler, mais elle-même était très tendue, car elle devait être opérée le lendemain matin.

Sanaé quant à elle, attendait la confirmation du médecin pour sortir et rentrer chez elle.

Dans la soirée, Mme Éolia lui annonça qu'une jeune demoiselle mangouste était arrivée pour la même opération. Elle était encore plus jeune que Sanaé. Cette dernière fut envahie d'une bouffée d'angoisse et de panique, aussi bien que si on lui avait dit qu'elle devait revivre sa propre opération.

La nuit suivante ne fut pas meilleure que les deux précédentes. Elle ne se sentait plus stressée, mais sa voisine n'arrêtait pas de bouger et de se lever, l'empêchant de s'endormir.

Elle ne ferma pas l'œil une seule minute.

Le jour commença à poindre, et dame Girafe fut emmenée pour son intervention.

Sanaé prit son petit déjeuner, et quelques heures plus tard, sa maman arriva avec le docteur Orside qui lui apprit que tout était en ordre et qu'elle pouvait partir.

Chapitre 6
Descente aux enfers

Sanaé fut soulagée de retrouver le terrier familial. Sa chambre et son lit lui manquaient.

En arrivant à la maison, elle se jeta dessus et y resta des heures durant.

En milieu d'après-midi, elle descendit grignoter un petit en-cas, et remonta aussitôt se coucher. Cette fois, elle dormit d'un sommeil de plomb.

Le lendemain, elle n'eut pas envie de se lever. Mme Marmotte pensa que c'était normal, qu'elle devait se reposer de l'opération.

Les jours suivants se ressemblèrent.

Sanaé ne voulait pas quitter son lit, et quand le soir approchait, elle se mettait à pleurer et à trembler.

Elle avait l'impression qu'un gigantesque trou noir se formait dans sa gorge et sa poitrine alors qu'elle suffoquait.

Lui vint alors à l'esprit l'image qu'elle avait vue une fois dans un film. Le néant envahissait le pays, tout disparaissait. C'était exactement la même chose. Elle se sentait disparaître. Comme si une masse noire l'étouffait.

À l'extérieur, rien n'apparaissait, mais à l'intérieur d'elle-même, elle hurlait pour appeler au secours. Elle en était réduite à une peau de chagrin, un tout petit personnage perdu dans son corps, qui pouvait se débattre à cor et à cri, personne ne pourrait jamais l'entendre.

Trois jours après sa sortie de l'hôpital, alors que son état ne s'améliorait pas, sa mère s'inquiéta. L'été était déjà bien entamé, et la période des congés battait son plein. Personne ne semblait être présent dans cette partie de la montagne où vivait la famille Marmotte.

Sanaé n'y comprenait rien. Elle avait été pressée de quitter l'hôpital, et pourtant maintenant, elle avait besoin d'y retourner.

Elle avait comme un sentiment d'urgence vitale. Elle aurait voulu appeler les secours, mais que leur aurait-elle dit ?

Physiquement, tout allait très bien.

Pourquoi avait-elle ces pensées ?

De toute manière, personne ne pouvait l'aider. Après tout, comment quelqu'un aurait pu changer ses pensées ? C'était incontrôlable.

Elle eut l'intime conviction d'être totalement seule et impuissante face à tout ce phénomène. Les jours passaient, et son mal-être empirait. Alors qu'elle restait encore et toujours enfermée dans le terrier, elle comprenait que le soleil illuminait la prairie au-dehors, mais elle ne le voyait pas. Tout semblait gris. Des nuances de gris plus ou moins foncées qui laissaient penser qu'il y avait bien du soleil.

Elle se mit à espérer que dans les semaines qui suivraient, alors que l'école reprendrait, tout reviendrait à la normale.

Oui, mais voilà, des semaines à attendre.

Chaque jour qui passait lui semblait durer une éternité.

Elle s'enfonçait dans des idées très noires.

Elle comprit même pourquoi certaines personnes en arrivaient à souhaiter mourir.

Tout ce qu'elle voulait c'était oublier.

Arrêter toutes ces pensées, s'endormir pour de bon. Jamais encore elle n'avait ressenti une telle souffrance. Elle avait l'impression d'être dans une obscurité totale, complètement paralysée.

Où aller ? Elle sentait aussi la présence d'un précipice autour d'elle, mais dans le noir, comment savoir quelle direction prendre pour s'en éloigner, et ne pas tomber dedans ? Lorsqu'elle sortait, ce qui arrivait très rarement, elle se sentait étrangère à tout le monde.

Même ses amis la rejetaient. Un jour, alors qu'elle était sortie marcher et s'était assise sur un rocher plat, dépourvue d'énergie et complètement apathique, son attention avait été attirée par des éclats de voix et de rires. Une bande de jeunes hyènes passait là, discutant joyeusement.

Sanaé eut la très nette impression de ne pas appartenir au même monde.

Comment quelqu'un pouvait avoir l'air aussi heureux ?

La vie lui paraissait tellement lourde à supporter, tellement compliquée.

Elle se mit en route vers le terrier familial.

Elle n'avait qu'une envie, se coucher. Elle aurait tellement voulu pouvoir dormir pendant des jours, des semaines, des mois, sans être dérangée.

Elle se remit sur son lit et le regretta presque aussitôt. Elle ne savait plus ce qu'elle voulait. Elle ressentait le besoin de sortir, ne pouvait plus supporter de voir les murs de sa chambre.

Dès qu'elle était dehors, elle ne voulait plus qu'une chose, se blottir de nouveau dans ses couvertures.

Si seulement quelqu'un pouvait comprendre ce qu'elle ressentait, la serrer très fort dans ses pattes.

Maman Marmotte ne semblait pas se douter de ce que vivait sa fille. Elle ne pouvait lui en vouloir. Sanaé avait besoin de compagnie, mais elle n'avait pas la force de faire bonne figure devant les gens, même ses proches. Elle préférait donc rester seule, aussi pour la bonne raison qu'elle fondait en larmes systématiquement, et qu'ils ne comprenaient pas.

Un jour, Mme Marmotte avait prévu de sortir faire quelques courses avec Sanaé.

Cette dernière en avait énormément envie. Elle eut soudain le besoin urgent et irrépressible de sortir de la tanière.

Sa maman finissait de se préparer, et Sanaé eut l'impression qu'elle faisait exprès de traîner.

Une bouffée de colère l'envahit.

Sa mère ne comprenait donc pas ce qu'elle ressentait ? Ce qu'elle vivait ?

Elle devait sortir immédiatement !

Que lui arrivait-il ? Elle ressentait l'imminence d'une catastrophe, d'un danger pour sa vie. Quelques minutes après, enfin, elles sortirent.

Son sentiment de mal-être ne s'atténua que très légèrement. Qu'importe où elle se trouvait, elle voulait partir. Nul endroit ne semblait la réconforter. Elle était littéralement perdue.

Finalement, le jour de la rentrée arriva.

La semaine, elle allait devoir se retrouver seule, loin du terrier et de sa famille pour retourner à l'école. Les soirées, surtout, seraient difficiles à supporter.

Chapitre 7
Au fond du gouffre

Plus rien ne l'atteignait. Elle subissait les évènements de la vie sans s'y attarder.

Elle retrouva les autres élèves et tenta de prendre une expression neutre. Elle esquissa même un très léger sourire, mais il sonnait faux. Elle était persuadée que si elle avait vu son reflet dans l'eau de la rivière à ce moment-là, elle n'aurait remarqué qu'une grimace.

Un jour, des devoirs sur table se profilèrent. Lorsque Sanaé arriva, elle ne comprit pas le stress de ses camarades. Encore une fois, elle se sentait étrangère à son environnement. Sa souffrance était telle, comment aurait-elle pu se préoccuper de choses aussi insignifiantes qu'un devoir ?

La grande question qui se jouait en elle ne concernait rien de moins que sa survie.

Le temps continua à filer, même s'il paraissait s'étirer en longueur pour Sanaé.

Certaines de ses amies commençaient à s'inquiéter de son humeur, mais elle ne paraissait pas le remarquer.

Plusieurs mois plus tard, de nouvelles idées s'imposèrent à Sanaé. Elle ne pouvait plus voir certains objets du quotidien sans imaginer s'en servir contre elle-même.

Dans sa chambre, sa ceinture et son écharpe semblaient vouloir s'enrouler autour de son cou et l'étrangler.

Dans la cuisine, les couteaux devenaient menaçants. Ils seraient bien venus se planter quelque part dans son abdomen.

Tout son environnement l'assaillait sans cesse. « ASSEZ ! » avait-elle envie de hurler.

Sa seule solution consistait à se rouler en boule en serrant très fort ses pattes autour d'elle, et ne surtout plus bouger.

Tous les jours, le supplice reprenait alors qu'elle devait prendre le métro. Elle restait collée contre le mur du fond sur le quai, tant elle craignait ce qui pouvait lui arriver.

Enfin, la fin de semaine arriva, et elle put rentrer au terrier familial. Elle n'avait plus le choix.

Elle devait parler à maman Marmotte.

Ce fut très compliqué. Elle fondit en larmes dès qu'elle la vit, et tous ses maux sortirent d'un coup à travers le flot de ses mots.

Sans tarder, Mme Marmotte l'attrapa par la patte et elles se dirigèrent vers le côté ouest de la montagne, juste au bout de la prairie, où logeait le docteur Hani, un guépard sage et sérieux, qui soignait toute la famille Marmotte depuis de longues années.

Il parut très inquiet et lui proposa un médicament. Il lui conseilla aussi d'aller voir le Dr Laveru qui saurait certainement mieux l'aider.

Ni Sanaé ni sa mère ne le connaissait.

Elles rentrèrent d'abord chez elles pour y réfléchir. Une nouvelle semaine passa.

Malgré le médicament, rien ne s'arrangea.

Sanaé commençait à laisser le temps passer sans plus avoir ni envie ni réaction.

Lorsqu'elle rentra de nouveau au terrier familial, maman Marmotte et elle décidèrent d'aller voir ce Dr Laveru. Elle y alla seule.

Dès qu'elle le vit, elle le détesta.

C'était un énorme crapaud, couvert de pustules écœurantes. Il donnait une impression de viscosité.

Sanaé eut la très désagréable sensation qu'il ne l'écoutait pas et ne comprenait rien à ce qu'elle disait. Il restait là, à la dévisager sans mot dire. Après cet entretien, elle ne comprit absolument pas ce qui se passait. Il se leva et la fit conduire dans un endroit grouillant d'animaux bizarres, de toute sorte.

Il la fit enfermer dans une chambre et lui imposa de prendre un autre médicament qu'elle ne connaissait pas.

Pour elle, l'école était terminée. Elle ne pourrait pas passer son diplôme.

Ce nouveau médicament eut un effet très violent. Elle se sentait diminuée, complètement ralentie. Elle était déjà tellement épuisée.

Avec cette nouvelle substance, elle s'effondrait littéralement, aussi bien physiquement que mentalement.

Pendant des mois, elle ne put faire autrement que de rester à ne rien faire, à regarder les aiguilles de l'horloge tourner.

Voir les autres autour, complètement ralentis eux aussi, tombés dans des vices, lui donnait l'impression d'être prise pour quelqu'un d'autre. Même maman Marmotte ne venait plus la voir. Un jour, enfin, on lui annonça qu'elle allait sortir de là. Dès le lendemain, sa mère vint la chercher. Sur le chemin du retour, elles eurent une longue discussion. Sanaé lui avait demandé, tout à trac, pourquoi elle l'avait abandonnée dans cet état, et cet endroit horrible ? Mme Marmotte avait avoué que le Dr Laveru lui avait raconté que Sanaé était complètement folle, qu'il avait même des doutes sur ses capacités intellectuelles, qu'elle n'avait jamais rien réussi de sa vie, et qu'elle ne réussirait jamais rien.

Une colère noire envahit la petite.

Depuis sa naissance, elle réussissait tout. Comment un soi-disant docteur pouvait dire des choses pareilles ?

Ce n'est que bien des années après que Sanaé et sa maman apprendront qu'il y avait eu une erreur entre deux patientes, et que tous ces propos ne s'adressaient pas à elle.

En attendant, le mal était fait. Mme Marmotte n'était plus la même.

Pendant toutes les années qui suivirent, elle fut très agressive avec sa fille.

Cette dernière avait été envoyée dans un autre endroit, où elle était également enfermée la journée, mais pouvait rentrer chez elle le soir.

Les relations avec sa maman étaient devenues si compliquées, que Mme Marmotte elle-même l'avait obligée à trouver son propre terrier. Ses sœurs étaient parties elles aussi de leur côté et avaient leur vie loin de cette région de la montagne.

Sanaé avait atteint l'âge de l'indépendance et devait se débrouiller seule.

Dans ce nouvel endroit où elle restait toute la journée, les choses ne se passaient pas mieux. Les médicaments qu'on l'obligeait toujours à ingurgiter provoquaient des effets dévastateurs.

En quelques mois, elle avait doublé son poids. Elle se sentait maintenant aussi mal physiquement que mentalement. Elle avait beau expliquer au Dr Bolini, une grande belette longiligne, ce qui s'était passé lors de l'opération, celle-ci ne voulait pas la croire.

Elle prétendait que Sanaé avait rêvé.

Encore une fois, on la prenait pour une folle.

On la bombardait de substances toxiques qui la rendaient dingue. Ils ne se rendaient pas compte. Ce n'était pas elle qui était folle, c'étaient leurs produits qui la détruisaient.

Elle se sentait complètement anesthésiée, mentalement et psychiquement. On étouffait sa personnalité.

Lorsqu'elle demandait quelle pouvait bien-être sa maladie pour justifier une telle quantité de médicaments aussi violents, chacun lui donnait une réponse différente.

Au fond d'elle-même, Sanaé n'y croyait pas une seule seconde. Elle resta dans cet endroit, prisonnière de ces produits et de ces personnes qui continuaient à lui faire croire qu'elle ne ferait jamais ce qu'elle voulait de sa vie ; qu'elle était condamnée pour le restant de ses jours à errer dans cet état.

Un jour, alors qu'elle participait à l'un des ateliers proposés, elle écouta une chanson.

Celle-ci répétait Danse ! Elle posait aussi la question : « Qu'en restera-t-il, de tes éclats de rire ? ».

Ce fut une révélation pour la jeune marmotte. Depuis tout ce temps, elle ne dansait plus, ne chantait plus, ne riait plus. Serait-elle capable un jour de redevenir elle-même ?

De grosses larmes coulèrent en silence le long de ses joues. Cet endroit était pire que tout.

Alors qu'elle pleurait, l'infirmière ne savait qu'être agacée. Encore une qui ne comprenait rien. Tous ces gens ne pouvaient-ils donc pas s'imaginer ce qu'elle vivait ? Quel sentiment d'injustice elle ressentait ?

Parfois, on lui proposait une autre activité, un atelier d'écriture. C'était pour Sanaé un moment libérateur. Elle pouvait exprimer un peu de son talent et de sa créativité, même si à ce moment-là les traitements ne lui permettaient pas d'être au meilleur de ses capacités. Un écrivain venait animer ces ateliers, et l'entente entre lui et la jeune marmotte fut immédiate.

Cet atelier était aussi accompagné d'un temps de lecture qui enchantait Sanaé car il lui permettait non seulement de partager ses propres textes avec d'autres, mais aussi de jouer ses personnages. Elle n'en avait encore jamais eu l'occasion, mais elle avait envie depuis toute petite de faire du théâtre.

De son côté, sa mère était trop dépassée par ce qui arrivait à sa fille, et ne semblait plus capable de croire en elle, en ses capacités, en son avenir, mais le reste de son entourage essayait de faire comprendre à Sanaé qu'elle devait réagir.

Eux-mêmes ne la reconnaissaient pas. Elle n'était plus que l'ombre d'elle-même.

Plus le temps passait, plus elle voyait les autres régresser. Elle se sentait devenir comme eux.

Elle était ralentie, molle, fatiguée.

Les seuls moments qu'elle appréciait le plus étaient ceux où on lui proposait des activités en extérieur.

Il s'agissait de randonnées la plupart du temps, mais Sanaé les supportait de moins en moins physiquement. Elle était lourde. Elle ne supportait plus de voir son reflet dans les vitres.

Son apparence la répugnait. Elle ne pouvait pas ressembler à ce qu'elle voyait. Ce n'était pas elle. Tout comme cette larve sur laquelle ils s'acharnaient à la transformer ne lui ressemblait en rien.

Parfois, ils lui proposaient d'autres sorties avec des jeux aquatiques, pendant lesquelles elle avait l'impression de retrouver un peu de la petite Sanaé qu'elle était il y a si longtemps, heureuse de vivre.

La situation devenait si difficile à supporter qu'elle voulût hurler. Mais à quoi bon, quand tout le monde autour faisait la sourde oreille ?

Tout ceci ne servait à rien. Alors il lui vint une idée.

Un jour, ils découvrirent Sanaé inerte. Elle avait seulement voulu s'endormir, se reposer vraiment, oublier cet endroit.

Elle fut alors conduite à l'hôpital pour plusieurs semaines. Là-bas, elle fit la connaissance d'une jeune infirmière chamois, Espérancia.

Sanaé l'apprécia immédiatement. Elle lui inspirait confiance. Toutefois, cet endroit était encore pire que tout. Bientôt, d'autres problèmes suivirent, la nuit, dus aux médicaments, mais encore une fois ils essayèrent de lui faire croire qu'ils étaient causés par une quelconque maladie de leur invention. Elle craignait tellement ces nouveaux effets secondaires nocturnes qu'elle aurait voulu ne plus s'endormir. Elle devait rester sur le qui-vive, mais impossible. Elle était bien trop épuisée déjà, même sans leurs somnifères.

Lorsqu'elle se réveillait le matin en catastrophe, elle avait honte. Deux mois plus tard, elle fut autorisée à sortir. Mais seulement pour retourner là où elle était avant. Elle enchaîna les périodes, allant d'un hôpital à l'autre, ici à temps plein et là de jour.

Pendant toutes ces années, elle s'était tout de même fait une amie, du nom de Lisa, une petite lionne un peu trop attentive aux autres, qui avait besoin de penser à elle.

Un jour, cette amie lui donna une idée. Elle allait diminuer certains médicaments. Bien sûr, elle le ferait prudemment.

Petit à petit, elle supprima la moitié d'un cachet. Après un certain temps, elle en avait éliminé un entier.

Chapitre 8
La lumière au bout du tunnel

Progressivement, une petite lueur d'espoir s'installa chez Sanaé. Très faible, pratiquement imperceptible, mais elle était là, et ne demandait qu'à être attisée. Cette petite étincelle ne faiblit pas, et la jeune marmotte éprouva une légèreté nouvelle la gagner petit à petit.

Ce matin-là, elle se réveilla en douceur.

Une étrange sensation naissait au fond d'elle-même.

Elle se sentait bien. Sanaé n'avait pas ressenti cela depuis si longtemps ! C'était un peu comme retrouver une très ancienne amie perdue de vue après de longues années.

Au fur et à mesure des mois, elle se sentit de mieux en mieux.

Elle continua ainsi, encore et encore, jusqu'à ce qu'on lui annonce qu'elle allait pouvoir sortir. Elle devrait tout de même aller dans un centre une fois par jour, qui lui proposerait toujours des soins. Six ans s'étaient écoulés depuis l'opération. Six années perdues.

Un nouveau rythme s'installa pour Sanaé.

Tous les jours, elle allait dans ce centre, mais seulement pour une heure ou une demi-journée.

Le week-end, elle restait chez elle.

Un sentiment de liberté commença à s'installer chez la petite marmotte. Elle découvrit de nouvelles méthodes pour se sentir mieux.

Tout d'abord, on lui parla d'une salle qui se trouvait au premier étage, la salle « Nez en laine ». Toutefois, c'est ce qu'elle comprit.

Elle se demanda longtemps pourquoi ce nom, jusqu'au jour où elle apprit qu'il s'agissait de la salle « Snoezelen ». Cette nouvelle méthode consistait à se concentrer sur les cinq sens, les uns après les autres, pour apprendre à se relaxer. Elle venait de Suède, un pays très éloigné que Sanaé n'avait vu que dans les livres.

La première fois qu'elle entra dans cette salle, aussi appelée multisensorielle, elle découvrit dans la pénombre, doucement éclairée d'une lueur bleutée, non pas de nez en laine, mais de grands tubes plus hauts qu'elle, transparents, dans lesquels un léger courant d'eau allait de bas en haut, et de haut en bas.

À l'intérieur montaient et descendaient des paillettes multicolores, accompagnées de petits poissons en plastique.

L'un d'eux était argenté. Il attira particulièrement l'attention de Sanaé, sans qu'elle sût pourquoi. Accompagnée d'une soignante, elle fut invitée à s'asseoir confortablement, et à observer ces trois tubes.

Au bout de quelques minutes, ces derniers prirent chacun une couleur différente : rose, bleue, verte ; puis ces couleurs changèrent, alternèrent.

Après un certain temps passé sur cet exercice, Sanaé fut invitée à se diriger de l'autre côté de la salle.

Elle s'installa de nouveau confortablement, et se concentra cette fois sur un amas de câbles, eux aussi transparents, qui s'illuminaient de toutes les couleurs.

La séance s'acheva sur cet exercice, et laissa Sanaé dans un état de détente depuis si longtemps oublié.

Le reste de la semaine passa, les activités se succédant.

Trois jours après sa venue en salle visuelle, Sanaé eut une séance de relaxation avec les deux infirmiers : Sanvé et Khanda, deux magnifiques loups. Elle aimait ces moments. Pour elle, il s'agissait enfin d'une méthode adaptée à ce dont elle avait besoin. Une semaine après, elle eut de nouveau l'occasion de retourner dans l'espace multisensoriel. Cette fois, on lui proposa de s'allonger sur un gros matelas et de fermer les yeux. Tout au long de la séance, elle écouta des sons agréables. Principalement des chants d'oiseaux. Elle se prit à essayer de les visualiser mentalement. Cet exercice lui apporta encore une fois un doux sentiment de bien-être et de sérénité. Enfin, elle arrivait à trouver un peu de repos. Quelques jours après, alors qu'elle devait avoir sa séance de relaxation, elle apprit que Sanvé, son loup et infirmier préféré, celui qui s'était occupé d'elle allait partir du centre. Sanaé en fut peinée, mais pas pour très longtemps. Espérancia, la jeune chamois qu'elle avait connu à l'hôpital si horrible où elle était auparavant, viendrait le remplacer. Cette dame était la seule personne qu'elle avait appréciée à cette époque, et se faisait une joie de la retrouver. La séance en espace multisensoriel qui suivit plus tard consista à faire des jeux, dont le but était de reconnaître des odeurs, ou encore des objets sans les regarder. Sanaé prenait grand soin de porter son attention et sa concentration sur tous les exercices qu'on lui proposait. Lorsqu'Espérancia vint remplacer Sanvé, elle reconnut immédiatement Sanaé, et l'entente fut instantanée entre les deux demoiselles. Le temps continua à filer, et notre marmotte se sentait de mieux en mieux.

Un jour enfin, elle en arriva à terminer les médicaments les plus lourds. Il lui en restait bien sûr, mais elle se sentait déjà revivre.

Au fur et à mesure que le temps passait, elle reprenait des forces et l'espoir revenait.

Elle s'était sentie tellement assommée pendant toutes ces années. Elle avait soudain l'impression d'un regain d'énergie. Une force nouvelle qui la poussait vers le haut. Elle se sentait redevenir elle-même. Celle qu'elle aurait toujours dû rester, en mieux cependant, mais toujours un peu fragile. Il lui faudrait longtemps pour se reconstruire totalement, elle en était consciente.

Espérancia continua à s'occuper de Sanaé pendant plusieurs mois, ce qui la conforta dans son sentiment de bien-être et de normalité, que tant d'autres s'acharnaient à nier.

Ils commençaient pourtant à se rendre compte de ses capacités.

L'un des médecins le lui avait même dit en face. Ils savaient tous que Sanaé était capable de se rendre compte de son propre état.

Alors pourquoi ne se rendaient-ils pas à l'évidence ?

Les médicaments qu'on la forçait encore à ingurgiter ne servaient à rien.

Elle savait au fond d'elle-même qu'elle n'en avait pas besoin.

Ils s'étaient tous fourvoyés sur son compte. Elle le sentait.

Comment leur faire comprendre ?

Seule Espérancia semblait la prendre au sérieux. Quelque temps plus tard, alors que Sanaé se rendait au centre, perdue dans de telles pensées, elle rencontra une belle dame chevreuil sur son chemin.

Elle était grande et fine. S'apercevant de l'air maussade de la petite marmotte, elle l'interpella.

— Bonjour jeune demoiselle ! Pourquoi as-tu l'air aussi perdue ?

Sanaé la regarda sans comprendre.

— Bonjour madame ! Mais je ne suis pas perdue. Je me rends dans le centre qui se situe en bas de cette colline, lui répondit-elle.

— Pardon, je voulais dire, perdue dans tes pensées.

Quelque chose chez cette chevreuil lui inspirait confiance.

Sanaé commença donc à lui expliquer ce qui la tracassait. Son interlocutrice lui apprit son nom, madame Sika.

Elle était d'une grande sagesse et d'une perspicacité sans égal. Son activité favorite consistait à aider les animaux de la région qui en avaient besoin, soit parce qu'ils souffraient, soit parce qu'ils demandaient conseil. Elle proposa à Sanaé de la rencontrer régulièrement pour parler de ses tracas et ses interrogations. Cette dernière accepta sans aucune hésitation.

Au cours des semaines qui suivirent, notre petite marmotte prit de plus en plus conscience que son impression de devoir supprimer le reste des médicaments pour aller mieux était la bonne. Madame Sika le lui confirma.

Elle-même remarqua un changement extraordinaire chez Sanaé au bout de quelques mois. Elle se métamorphosait. Elle s'approchait d'une vie normale.

Petit à petit, Sanaé eut moins besoin d'aller dans ce centre.

Un beau jour, Espérancia lui annonça qu'elle n'avait plus de raison de venir.

Enfin, elle pouvait vivre sa vie.

Quelque temps plus tard, on l'autorisa à arrêter totalement le dernier médicament qui lui restait. Dix ans de traitements en arrivaient enfin à leur terme.

Cette fois, c'était officiel, elle aurait une vie normale.

Plus rien ne l'empêchait de réaliser ses projets. En sortant pour la dernière fois du centre ce jour-là, elle courut en informer madame Sika.

Au cours des jours suivants, elle se prit à écouter de la musique. Elle se laissait bercer au rythme calme et romantique, quand elle se mit à danser. Encore un signe qui lui montrait son mieux-être. Elle ne se souvenait même plus de l'effet que danser en musique lui procurait par le passé.

Pour Sanaé, il s'agissait d'une véritable renaissance. Elle redécouvrait tous les petits plaisirs de la vie, telle une enfant, tel un otage retenu dans les ténèbres durant dix ans, qui retrouve l'éclat du soleil.

Le temps était venu de réfléchir à ce qu'elle voulait faire de sa vie.

Il lui vint alors l'idée de suivre des leçons pour apprendre un nouveau métier, mais qui restait dans la branche qu'elle aimait. Elle alla donc se renseigner, et quelques mois plus tard, fut admise dans sa nouvelle école.

Sanaé savait que ce serait stressant et fatigant. Elle sortit de chez elle, pensive.

Marchant droit devant elle, absorbée par toutes les questions qui se bousculaient dans sa tête, elle manqua de rentrer de plein fouet dans Mme Némasta, une mangouste qui vivait dans ce coin de la montagne.

Elle demanda à Sanaé ce qui pouvait bien la préoccuper à ce point. Celle-ci lui expliqua qu'elle aurait bien voulu trouver comment apprendre à se détendre plus facilement.

Mme Némasta lui parla de maître Shanti, une dame koala d'une grande sagesse qui proposait des leçons de yoga. Sa décision était prise, elle irait rencontrer ce maître Shanti et lui demanderait de suivre ses cours.

Dès le lendemain, elle se mit en quête de la dame koala, et au bout de quelques heures, aperçut l'endroit où elle se trouvait souvent.

Il s'agissait d'une grande clairière, au milieu de la forêt dense du parc des deux atolls.

Lorsqu'elle y arriva, Sanaé fut accueillie très chaleureusement.

Maître Shanti était très souriante, très douce, de ces gens qui vous mettent immédiatement en confiance.

Sanaé se présenta et expliqua pourquoi elle souhaitait la rencontrer.

Maître Shanti la rassura et lui confirma qu'elle était au bon endroit. Elle pouvait l'aider.

Les leçons qu'elle proposait lui apporteraient un apaisement à long terme et une manière différente d'appréhender les évènements de la vie.

La dame koala lui proposa de rester pour une première séance afin de découvrir cette discipline. Sanaé accepta sans hésiter.

D'autres élèves se joignirent à elle. Il y avait une dame léopard du nom de Carapati, très gentille, mais qui n'arrêtait pas de parler.

Une douce petite brebis, Linaya, arriva également et devint très vite amie avec Sanaé.

Cette première leçon enthousiasma la marmotte, qui accepta de revenir la semaine suivante. Finalement, cette pratique s'ancra dans l'emploi du temps de Sanaé pour de bon, et devint son rituel hebdomadaire.

Au fil du temps, elle sentit le bien-être s'installer, et une énergie nouvelle l'habiter.

En même temps, elle avançait dans son nouveau projet professionnel et sentait une bouffée d'oxygène la gagner petit à petit.

Elle construisait sa propre vie. Une nouvelle philosophie s'imposait à Sanaé, et elle en faisait profiter la seule amie qu'elle avait gardée de ces années de souffrance, Lisa.

En lui parlant, elle prenait elle-même conscience de la véracité de ses propos. La vie se construit petit à petit. C'est à toi seule de décider de ce que tu veux en faire.

Si tu veux obtenir quelque chose, il faut s'en donner les moyens, personne n'agira pour toi.

Tu es responsable de ta propre réussite ou de ton échec.

Après un certain temps, elle invita Lisa à la rejoindre aux cours de maître Shanti.

La petite lionne intégra très vite le groupe.

Un nouvel hiver se terminait.

Avec le printemps, une activité différente fut possible. De longues promenades furent organisées avec le groupe de maître Shanti.

Il ne s'agissait pas de simples balades, mais bien de moments de concentration sur soi, sur le retour à la nature.

C'était là l'occasion de prendre conscience de sa respiration, de l'air qui vous effleure le museau.

En fermant les yeux, Sanaé écoutait les bruits du vent dans les feuilles, le chant des oiseaux, le craquement des brindilles, et même, le rythme de son propre souffle.

Elle se concentrait ensuite sur les odeurs des fleurs embaumant l'atmosphère.

Enfin, elle effectuait les postures demandées comme dans les leçons de yoga habituelles.

Ces sorties représentaient beaucoup pour notre marmotte. Ce n'était pas seulement un cours de yoga ni une promenade, c'était aussi un véritable échange, un moment des plus agréables, entre amis. Des amis dont elle sentait la bienveillance profonde, la sincérité.

Des gens comme elle, sensibles, qui la comprenaient.

Chapitre 9
Le diagnostic

Des doutes persistaient toujours dans son esprit. Sanaé avait rencontré le duo infernal composé de l'âne et de la vipère. Ces deux animaux aussi stupides que malveillants.

Ils s'acharnaient à se faire passer pour des gens bien, qui s'inquiétaient pour elle et prétendaient qu'elle était malade, qu'elle devait reprendre ces médicaments qui lui faisaient tant de mal. Mais elle avait compris leur manège.

Ils voulaient seulement l'empêcher de se construire, de vivre sa vie.

La petite marmotte marcha jusqu'au bord du ruisseau, perdue dans ses pensées.

Elle s'assit dans l'herbe moelleuse et observa l'eau. C'était réconfortant, apaisant.

Elle imagina que toutes ses pensées venaient se poser à la surface, et se laissaient porter par le courant.

Elle aurait voulu pouvoir les poser réellement et les laisser partir.

Alors qu'elle restait là, hypnotisée par ce mouvement régulier, un petit poisson argenté sauta à la surface. Il s'arrêta, défiant le courant. Sanaé en fut interloquée, et le fixa un moment.

Il ressemblait comme deux gouttes d'eau au petit poisson de la salle visuelle du centre.

Il commença à parler. Il avait vu dans le regard de la marmotte, et senti, dans son attitude, que quelque chose la contrariait.

Il lui recommanda de suivre le torrent sur des kilomètres vers le sud-ouest. Si elle marchait d'un bon pas, dans trois jours, elle arriverait à l'endroit où il se jette dans la mer. Elle y rencontrerait quelqu'un qui pourrait l'aider.

Le poisson disparut et Sanaé réfléchit.

Après tout, que risquait-elle ? Rien ne la retenait avant un bon moment. Et puis trois jours, ce n'était pas si long.

Elle se décida et commença son périple.

Il faisait beau et l'air était agréable. Elle avança sans faiblir, avalant les kilomètres.

Lorsque la nuit tomba, elle se pelotonna au pied d'un grand arbre, et attendit que le jour se lève. Elle ne s'assoupit qu'un instant, mais elle était tellement impatiente de trouver des réponses à ses questions, qu'elle n'en avait que faire.

L'aube pointait à peine, qu'elle se remit en marche. En chemin, elle grappilla quelques baies sauvages en guise de petit-déjeuner.

La deuxième journée de son voyage fut tout aussi agréable.

Elle avait beau se poser encore des questions, elle sentait au fond d'elle-même qu'elle était guérie pour de bon, et que, toutes ces années passées n'avaient pas de sens.

Un peu plus tard, elle fit la connaissance d'une jeune et jolie jument.

Quand elle la vit d'abord de loin, Sanaé fut instinctivement poussée vers elle.

Cette belle créature extériorisait tout ce que Sanaé était véritablement au fond d'elle-même, et qu'elle avait perdu pendant tout ce temps : la joie de vivre.

La jument aperçut Sanaé à son tour.

Elle s'approcha, curieuse.

Les deux jeunes filles se dirent bonjour en même temps, et l'alchimie opéra.

En l'espace de quelques instants, elles étaient devenues amies.

Cette jument se nommait Félicie. Un nom qui lui allait comme un gant.

Sanaé expliqua la raison de sa présence dans cette partie de la région, et où elle se rendait.

Félicie lui proposa de l'accompagner. Elle avait elle-même beaucoup voyagé.

Lorsque Sanaé raconta sa propre histoire, Félicie lui expliqua quels évènements terribles elle avait pu vivre.

La petite marmotte se rendit alors compte que des choses bien pires que ce qu'elle connaissait pouvaient arriver.

Elle comprit. La vie peut être très dure et violente. Il faut savoir affronter ces situations. Quand tout paraît désespéré, que l'on est au fond du trou, on ne peut pas descendre plus bas ; alors on ne peut que remonter.

Ce message l'emplit d'espoir et de courage. Sanaé repensa à tous ceux qui l'avaient mal jugée. Elle en fut blessée.

Au bout d'un moment, Félicie lui proposa de la prendre sur son dos, pour qu'elle goûte à la sensation de liberté d'une petite course, poils au vent. Sanaé accepta immédiatement, d'autant plus que son voyage en serait plus court et reposant. Le soir venu, elles se couchèrent sur un tapis fleuri de pâquerettes, heureuses, mais un peu fatiguées de leur journée. Elles s'endormirent à poings fermés jusqu'au lendemain.

Sanaé se sentait bien, le sol était confortable, et son amie, à ses côtés, la réchauffait.

Elle n'avait pas encore ouvert les yeux, qu'elle sentit une odeur nouvelle. Une odeur agréable. Elle posa sa patte sur Félicie pour la réveiller et lui demander d'où venait cette odeur. Celle-ci lui répondit avec un grand sourire : « C'est l'odeur de l'iode. Nous sommes presque arrivées. La mer est là, derrière cette colline. »

Cette nouvelle submergea Sanaé, qui sauta derechef sur ses pattes, et courut droit devant elle.

La plage s'étalait sous ses yeux. Une bande de sable blanc, très fin.

Il était d'une douceur infinie sous ses pattes.

Un peu plus loin apparaissait la mer, étendue bleue, scintillante sous le soleil.

Sanaé approcha jusqu'au bord de l'eau, tandis que Félicie restait au loin.

Une magnifique femelle dauphin apparut.

Elle connaissait déjà les tourments de Sanaé et lui demanda pourquoi elle avait l'air si désemparée. Sanaé lui dit ce qu'elle ressentait au fond d'elle-même. Toujours ce doute. Ces personnes qui lui affirmaient de manière sournoise qu'elle n'était pas normale, qu'elle devait absolument ingurgiter de nouveau ces cochonneries. Elle sentait bien au fond d'elle-même que c'était faux.

La dame dauphin la regarda intensément, droit dans les yeux et lui demanda : « Sanaé, pourquoi t'attaches-tu tant à accorder de l'importance au regard des autres ? ».

La petite marmotte resta coite. Elle n'y avait jamais pensé. Madame Dauphine lui expliqua :

« Lorsque quelqu'un te juge, il se base sur sa vision des choses. Qui te connaît mieux que toi-même ? ».

Sanaé sentit une vague de soulagement l'envahir. La dauphine plongea dans l'eau et Sanaé courut vers son amie, revigorée par ce qu'elle venait d'entendre. Félicie l'écouta tout ouïe.

En prenant le chemin du retour, elle demanda à Sanaé de lui en dire plus sur elle, sur ce qu'elle faisait étant enfant, sur sa façon d'être.

Après une assez longue conversation, Félicie lui exprima son incompréhension.

Comment quelqu'un comme elle pouvait douter une seule seconde de sa valeur, de ses capacités ?

Elle lui fit remarquer toutes les qualités qu'elle possédait.

Sanaé comprit une chose essentielle : dans la vie, il n'y a pas de petit succès.

Chaque élément positif, aussi infime soit-il, se doit d'être souligné, mis en valeur.

Chaque petit pas que l'on fait nous rapproche de nos objectifs. C'est la combinaison de ces petits pas qui nous fait apparaître la distance que l'on a parcourue depuis le début.

Sanaé réfléchit un moment. Une révélation lui vint. Il faut être fier de ce que l'on a réalisé, et non honteux de ce que l'on n'a pas encore fait.

Une phrase lui revint à l'esprit.

Elle l'avait entendu un jour du bec d'un vieux hibou : « Dans la vie, il pourra t'arriver d'avoir à traverser le désert. Dans ces moments-là, tu n'as qu'une chose à faire, avancer. »

Les deux amies méditaient cette idée en silence, quand elles croisèrent une autre jument.

Sanaé demanda à Félicie si elle la connaissait. Elle ne l'avait jamais rencontrée.

Elle était d'une belle couleur alezan et semblait très avenante. Toutes les trois se réunirent au milieu d'un champ fleuri de coquelicots pour faire connaissance.

La nouvelle venue était de nature très douce, tant au niveau de son poil soyeux, qu'au niveau de sa façon de parler.

Elle se nommait Sultane et se trouvait un peu perdue dans ses projets.

Une idée effleura Félicie. Toutes les trois avaient des doutes et se posaient des questions sur différents aspects de leur vie, alors pourquoi ne pas s'entraider en réfléchissant chacune au problème de l'autre ?

Cette proposition fut acceptée à l'unanimité. Sultane et Sanaé aidèrent Félicie à trouver l'amour ; Félicie et Sanaé aidèrent Sultane à trouver du travail ; Sultane et Félicie firent comprendre à Sanaé qu'elle valait bien mieux que ce qu'elle pensait, et que personne ne devait jamais plus l'en faire douter.

Ces trois-là restèrent amies pour le restant de leur vie.

Six jours s'étaient écoulés depuis sa conversation avec la dauphine, et Sanaé venait juste de rentrer chez elle.

Assise sur son canapé, elle retournait dans sa tête ce que chacun avait dit.

Pourquoi avait-elle tant de mal à croire les choses positives qu'on lui disait, et se fixait-elle sur le négatif, principalement alors qu'elle savait pertinemment qu'il venait de gens malveillants, et qu'il n'y avait dans leurs propos, aucune espèce de vérité ?

Sa décision était prise, elle devait vite rendre visite à Mme Sika. Elle prit ses pattes à son cou et galopa à travers champs pour aller rencontrer la Dame Chevreuil.

Celle-ci accueillit chaleureusement Sanaé, et lui demanda ce qui l'amenait.

La conversation prit une tournure à laquelle, la jeune marmotte ne s'attendait pas.

Elle en vint en effet à expliquer ce qu'elle avait vécu au tout début du problème, dès l'opération cardiaque.

Mme Sika comprit alors ce que personne, en dix ans, n'avait su déceler.

Un syndrome de Lazare.

Enfin, un diagnostic ! Dix ans après !

Un mot venait expliquer son mal-être.

Cette fois, c'était officiel. Elle avait été victime d'une lourde erreur médicale.

Pendant toutes ces années, on l'avait ignorée, pire, traitée de folle.

Des gens s'étaient acharnés à lui inventer des maladies qu'elle n'avait pas.

À chaque fois, on lui trouvait un diagnostic très confus.

Les uns après les autres, ils donnaient leur idée. Sanaé ne croyait jamais à ce qu'ils disaient.

On lui collait les maladies les plus invraisemblables sur la tête, alors qu'elle ne ressemblait en rien à ceux qui en souffraient.

Elle le savait trop bien maintenant, ce qui l'avait diminuée autant n'était que la dose colossale de substances qu'on lui avait administrées.

C'en était trop ! Elle se laissait paralyser depuis si longtemps.

Un déclic s'opéra.

À partir de ce jour, elle redeviendrait Sanaé, la petite marmotte joyeuse et pleine de vie qu'elle était, avant toute cette histoire.

À ceci près qu'elle avait compris et appris beaucoup de choses de la vie.

Une confiance nouvelle en elle-même émergea petit à petit. Elle voyait les choses plus clairement maintenant. Elle avait pris conscience de ce qui lui plaisait réellement.

Tout simplement, elle devait reprendre où elle en était avant l'opération.

Elle était faite pour cette voie-là, et pas une autre. Elle ne serait jamais vraiment satisfaite tant qu'elle n'aurait pas pris sa revanche.

Plus rien ne l'empêcherait de réaliser ce dont elle avait rêvé dix ans plus tôt. On lui avait volé son avenir si près du but, mais elle était bien décidée à le récupérer.

Épilogue

Sanaé commença à trouver des petits contrats de travail, assez précaires, mais qui suffisaient, en attendant de pouvoir réaliser son véritable projet. Elle saurait être patiente.

Au fur et à mesure du temps, elle construisit sa propre vie. Une vie normale.

À côté de son travail, elle rencontra de nouvelles personnes, car elle continuait de suivre les cours de maître Shanti. Elle apprenait de jour en jour à devenir quelqu'un de bien. Elle s'efforçait de relativiser sur chaque épreuve de la vie et n'aspirait qu'à une chose, prendre soin d'elle pour pouvoir prendre soin des autres.

Sanaé l'avait compris, il lui fallait trouver l'équilibre entre les efforts à fournir, le travail et les moments de bien-être.

Elle s'évertuait à trouver un juste milieu entre ce qu'elle devait faire et des instants de repos ou de défoulement en fonction de ses humeurs et de ses émotions.

Ainsi, un beau jour, Sanaé se sentit prête.

Prête à réaliser tous ses projets, pas seulement professionnels, mais aussi personnels.

Après toutes ces années passées dans la brume la plus complète, sa créativité fit de nouveau surface. Des idées émergèrent dans son esprit, se bousculant à qui mieux mieux, comme si, ayant été bridées si longtemps, elles s'étaient accumulées sans pouvoir s'exprimer, et affluaient, tel un torrent sauvage soudainement libéré de son barrage.

Elle commencerait par son premier projet qui lui tenait à cœur depuis plusieurs années et nécessiterait le moins de temps.

À bien y réfléchir, l'idée avait germé dès son enfance.

Elle savait qu'elle était faite pour le réaliser et même ses amies à l'école avaient prédit qu'un jour elle le ferait : écrire son premier livre.

Sanaé savait ce qu'elle devait raconter.

Elle s'attela ardemment à la tâche, y mit le temps qu'il fallait, écrivit, effaça, recommença, fut saisie de doutes, réfléchit encore, demanda conseil, puis un jour enfin, elle inscrivit le point final. Quant à l'histoire qu'elle y relatait, vous venez juste de la lire.

Remerciements

À mon amie Aurélie :

Certains propos ne font pas mouche immédiatement, mais l'important est de planter la graine. Comme tu vois, tôt ou tard, elle finit par germer.

À mon amie Gaby :

Ton soleil a percé les nuages qui pesaient sur ma vie. Grâce à toi, je suis redevenue moi.

À mon amie Alex :

Une véritable amie ne te dit pas ce que tu veux entendre, elle te dit ce que tu as besoin d'entendre.

À mon maître Shanti qui se reconnaîtra, bien plus qu'une amie, une sœur :

La plus belle rencontre qui m'ait été donnée de faire de toute ma vie. En si peu de temps, tu m'as déjà apporté tellement. Ce nom te va comme un gant.

À toi, maman :

Les épreuves de ma vie t'ont fait douter autant que moi. Tu t'es sentie coupable de ce qui m'arrivait, tu croyais avoir mal rempli ton rôle de mère. Finalement, la seule faute dont tu peux te sentir responsable est d'avoir fait de moi ce que je suis aujourd'hui : quelqu'un de déterminé qui se bat pour réussir et qui a su affronter tous ceux qui se méprenaient sur son compte, pour leur montrer que les apparences peuvent être ô combien trompeuses. Alors tout ce qu'il te reste à faire, c'est en être fière.

À tous les membres de ma famille, proche et plus éloignée :

Puissiez-vous comprendre à travers ce livre ce qui m'est arrivé pendant tout ce temps.

Je remercie également tous ceux qui m'ont soutenue et aidée de quelque manière que ce soit, dans ma vie, dans mes projets, ou simplement par leur amitié :

Céline et Sylvie B. (mes deux premières lectrices et amies) ;

Mme Sylvie C. ;

Benjamin L. et Aurélia V. ;

Delphine C., Alexandra R., Stéphanie, Magali, Leila, Martine J., Clémence, Sébastien (vous avez su le premier que je m'en sortirai) ;

Dr Anne B., Mme Natacha M., Florence M., Élodie L., Virginie C., M. Richard Dalla Rosa, Fatiha (ce sont parfois de brèves rencontres qui ont un grand impact).

FSC
www.fsc.org

PEFC
www.pefc-france.org

Imprimé en France
Achevé d'imprimer en janvier 2023
Dépôt légal : décembre 2022

Pour

Le Lys Bleu Éditions
40, rue du Louvre
75001 Paris